To

From

작은 순간을 위한 꽃

다시 삶에 대한 설레임으로 물드는 시간

❖ ❋ ❖

작은
순간을
위한
꽃

라쁘미 글·그림

nomad
지식노마드

차례

2장 꽃을 피우고 날아간 새
: 꿈꾸고 기억하고 그리는 시간

일상에서 더 멋진 사람

3장

: 이토록 평범하고 이토록 평온한

나만의 방

4장

: 기다리고 숨겨주고 속삭이는 곳

5장 조용하고 씩씩한 봄처럼

: 봄은 겨울에도 행복하다

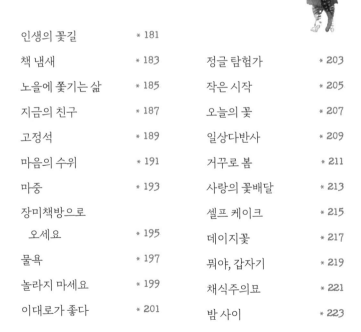

프롤로그

🍎🍎🍎🍂

모든 삶에는 작지만 빛나는 순간들이 있습니다.

그런 순간은 사라지지 않고 마음 속 어딘가에

가만히 있다가 어느 날 설레임으로 찾아옵니다.

마치 봄처럼요.

: 삶의

작은 순간들에게

1장

❖ ❖ ❖

먼 곳에서 쓴
편지

기다림

삶은 기다림이야. 진짜 아름답고 빛나는 것은 잡을 수 있는 게 아니더라고. 그냥 나한테 오는 거지. 꿈처럼, 사랑처럼, 때론 불행으로 위장한 축복처럼. 비록 원했던 꽃이 아니고 기대했던 소식이 아니더라도 아쉬워하지 마. 헛된 기다림이란 없대. 실망과 후회도 나를 단단하게 만들고 세상을 알아가는 기회일 거야. 그러니까 어떤 기다림이든 진득해보자고. 계단 위 들리는 저 발자국 소리가 네가 그토록 기다리던 편지의 주인일 수도 있잖아.

내 눈에 바다

한꺼번에 담으려고 했다. 한눈에 모든 게 보여야 한다고 생각했다. 부분은 미심쩍고 변변치 못한 거라고 생각했다. 손가락 사이로 들이치는 빛도 눈부셔하면서 태양을 보려고 한 것이다. 설사 전부 담은들 결국은 내가 보고 싶은 것만 볼 텐데 무슨 욕심이었을까.

지금 내 눈앞의 바다부터 온전히 바라보려고 한다. 천천히, 내가 담을 수 있는 바다를 고이 담아보려고 한다. 그런 다음 더 큰 바다를 품으러 한 발짝 내딛을 것이다.

너와 나 사이

곁을 내주기란 참 어려워. 바짝 붙어서면 답답하고 널찍이 떨어지면 외롭잖아. 한가롭지만 온기가 느껴지는 거리를 유지할 때 서로를 더 잘 받아줄 수 있는 것 같아. 너와 나 사이에도 적당한 여유로움이 필요해. 그래야 감정도 대화도 흐를 수 있어. 카페에 앉아 있는 두 여자, 카페 밖 두 고양이 사이처럼 말이야.

길을 잃다

길을 잃어 잘못 들어온 어느 마을. 하늘은 청량하고 구름은 뭉게뭉게. 경적소리 없는 길가. 얼기설기 얽힌 전선줄마저 평화동맹을 맺은 듯 전봇대에 얌전히 걸려 있어. 계획하지 않은 곳에 도착하는 건 동화 속 세상으로 들어가는 비밀의 문을 찾은 것과 같아. 나는 기꺼이 들어가볼래. 분명 처음 온 곳인데 늘 그리워했던 곳에 온 느낌이거든.

풀밭에 앉기

마지막으로 언제 풀밭에 앉아 봤는지 기억해? 풀밭에 앉기에는 우린 너무 세련됐다는 생각이 들어. 옷도 신경 쓰이고 앉는 자세도 영 어색해. 다리를 오므렸다가 무릎을 세웠다가 난리도 아니지. 벌레라도 나타나봐, 어휴ㅡ. 의자에 앉는 데 길들여지면서 어디든 풀썩 앉아버리는 어린아이의 세계를 잃어버렸어. 개미의 행진, 흙의 냄새, 풀잎의 보드라움. 내려다봐서는 알 수 없는 감동이잖아. 구부리거나 엎드려야만 발견할 수 있는 것이 있어.

너의 마음

뒷모습에도 표정이 있다고 하잖아. 어깨에 한아름
꽃을 얹고 가는 저 남자의 눈빛이 얼마나 다정할지
안 봐도 그려져. 누구를 위한 애틋함이고 꽃다발일
까. 자전거마저 주인님, 얼른 가시죠 하는 것 같지
않아?
꽃을 받을 때는 꽃 예쁜 것만 보였지. 너는 어떤 마
음으로 꽃을 들고 내게 왔을까. 먼 곳 낯선 땅에서
이제야 너의 마음을 보네.

뭐 어때

어쭈, 짠도 지들끼리? 서운해하지 마. 어떡하든 한 무리에 들려고 하는 대신 혼자 굳세게 서려고 노력해 봐. 사람 사이 보기와 다른 경우도 많아. 친하게 보이지만 뒤에서는 또 모르는 게 사람이야. 그렇다고 냉소적일 필요는 없어. 맛있는 음식을 먹고 한 잔 와인으로 기분 내면서 하하호호하는 시간도 우리에겐 필요하니까. 소외감을 느낀다고 해서 우울한 자기 감상에 빠지지 마. 사람 구경이나 하면서 차려진 음식을 즐기라고. 나처럼.

온기

밖에는 눈이 내리고, 나는 품에 안긴 작은 녀석과
함께 담요를 두른 채 난롯불을 쬐고 있어. 다른 한
녀석은 나른한지 엎드려 눈을 감고 있고. 온기 주
위로 모인 우리 셋을 봐. 결국 따뜻함이 이기는 거
지. 말도 마찬가지라고 생각해. 냉혹한 세상에서
온기를 품은 말이 얼마나 고맙겠냐고. 가시 돋친
말, 차가운 말은 가슴을 찌르는 얼음 송곳이지.

도망

얼마나 도망쳤는지 몰라. 불행이 무서웠거든. 그런데 막상 무작정 피하려고 했던 그것을 마주했을 때 나는 당황하고 말았어. 불행의 얼굴이 흉측하지만은 않았거든. 슬픔은 살아 있음의 기쁨을 선물해 주었어. 실망은 마음 근육을 단련시켜 주었고, 이별은 가족과 친구의 자리를 찾아 주었어. 난 고통 없는 환상의 세계로 도망가려는 시도를 멈췄어. 달빛에 끌려 밤마실 나온 물고기의 인사도, 별빛인지 반딧불인지 모를 가슴 벅찬 빛의 춤도 다 현실에 있다는 사실을 깨달았으니까.

POSTCARD

THIS SPACE FOR WRITING MESSAGES

사랑의 정의

서로의 눈동자를 바라보면서

서로의 이야기에 귀 기울이고

서로의 마음을 담는 것.

사랑은 이렇게나 단순하다.

인생역

기차는 중간역에 멈추잖아. 내릴 사람 내려주고 태울 사람 태우잖아. 기름도 채우고 안전 점검도 하잖아. 인생이라는 여정에도 그런 역이 있었으면 좋겠어. 떠나보내야 할 건 떠나보내고 흘려보낼 건 흘려보낼 시간이 필요하잖아. 어떻게 살아야 잘 사는 건지 돌아보도록 마음의 인생역이 있으면 좋겠어. 어느 날 갑자기 종착역에 닿기 전에.

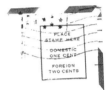

꽃처럼 맘껏

입가에만 살포시 머무는 웃음 말고 눈꼬리까지 올라가 반달로 휘어지는 웃음이 좋아. 그런 웃음은 소리도 싱그러워. 옆 사람도 절로 빙그레 방그레 하게 돼. 어른이 된다는 건 매사 심각해진다는 의미일까. 나이들수록 쉽게 웃지 못하잖아. 여차하면 코 베이는 세상이니 웃음에 인색할 만도 해. 구김 살 없는 웃음에 그래서 더 눈이 가. 나도 활짝 핀 웃음에 전염되고 싶거든. 꽃처럼 아무 걱정 없이 나도 맘껏 웃고 싶거든.

어떡해

이렇게 간절한 눈일 땐 어떡해야 해?

뭐든 해주고 싶은 이 눈빛 어쩔 거냐고.

물드는 사이

둘 사이에는 말이 없어. 서로 바라보지도 않아. 이렇게
만 말하면 틀어진 사이인가 하겠지. 사실 두 사람은 말
하지 않아도 서로의 마음을 아는 사이야. 그런 사이는
함께 있는 것만으로도 충분해. 말하지 않으면 모른다
고 하지만 말 이상의 소통도 있는 법이지. 말은 어쩌면
결핍일 수도 있어. 마음이 통하지 않아 느끼는 감정의
허기 말이야. 말이 없어도 마음을 아는 사이는 마주볼
필요가 없어. 투명한 마음이 서로를 비춰주니까. 그러
다 하나가 되는 거지. 두 사람 좀 봐. 어느새 초록으로
하나된 거 보여? 같은 풍경을 바라보다가 한 사람이
초록에 물들자 옆 사람도 닮아간 거야. 그런 사이에 말
은 소음이지.

POST CARD   Carte Postale   POSTKART

물멍

잔잔히 흐르는 물을 바라보고 있어. 그저 멍하니. 이런 시간이 얼마나 필요했는지 몰라. 그동안 많은 생각을 했지만 정작 중요한 생각은 안 하고 살았던 것 같아. 빨리 도착하려는 조급함 없이 골목 골목을 돌아 다리 밑을 유유히 지나는 물의 여유로움이 부러워. 집채만 한 파도만 들려줄 얘기가 있는 게 아냐. 있는 듯 없는 듯 고요히 스치는 물살에게도 사연이 있어. 저들의 속삭임도 한번 들어 봐.

십 대

고등학교 졸업만 하면 독립할 거야. 자취방에서 밤새 친구들과 얘기하고 음악 들으면서 야식 즐겨야지. 십 대일 때 이런 생각을 하곤 했어. 소녀의 낭만이었지. 할 얘기는 왜 그렇게 많고 일상은 왜 그렇게 재밌었는지 모를 일이야. 지금은 청량음료 대신 커피와 알코올을 즐기고 시험 성적 대신 연애나 직장생활로 수다 주제가 바뀌었지만 마음은 여전히 꺄르르 십 대야. 다 늙고 낡아도 마음만은 그대로일 수 있거든.

한 사람

지친 관계에 미련 두지 말자. 어차피 떠날 사람은 붙잡아도 떠나니까. 슬퍼하지 말자. 나를 바라봐 줄 한 사람만 있으면 충분하니까. 그 한 사람만 놓치지 않으면 된다.

더 바랄 게 없지

겨울밤 필수품을 챙겨봤어.

벽난로에서 마른 장작이

타닥타닥 타는 소리와 냄새

나를 안아주는 푹신한 소파

진한 커피 한 잔과 만만한 읽을거리

무릎에 앉은 얌전한 냥이

아늑한 불빛

그리고 홀로.

김순모 님께

세상에서 가장 아름다운 단어, 엄마. 내가 세상에 나와 가장 먼저 눈을 맞춘 사람, 엄마. 가장 먼저 또렷이 소리 낸 단어도 바로 엄마. 나중엔 부르고 싶어도 부를 수 없는 단어, 엄마.

김순모 님. 흔쾌히 나의 엄마가 되어주셔서 고맙습니다. 나를 지켜주는 나의 가장 큰 세상이 되어주셔서 고맙습니다. 이젠 내가 당신을 지켜주고 웃게 할 차례입니다. 그저 내 옆에 오래오래 함께 해 주십시오. 사랑합니다.

: 꿈꾸고 기억하고

그리는 시간

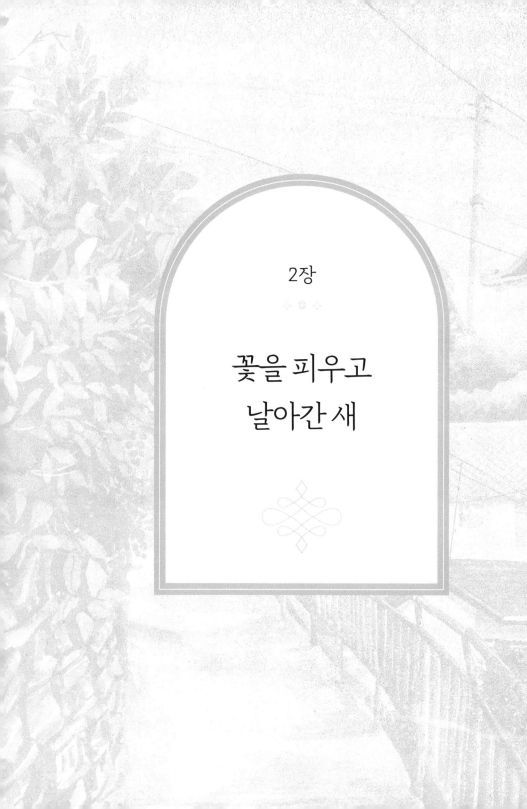

2장

꽃을 피우고
날아간 새

꽃을 피우고 날아간 새

아무 희망이 없다고 생각했을 때 붓을 들었다. 가장 막막하
고 마음 시렸던 시간에 나는 붓을 들었다. 누구도 내가 잘하
리라 기대하지 않았다. 만일 다른 사람 말에 따랐다면 지금
이 책은 나오지 못했다. 우리는 왜 딴말은 다 잘들으면서 정
작 자기 마음의 소리는 무시할까. 내 속에서 내가, 하고 싶다
고, 할 수 있다고 그토록 자주 얘기하는데 말이다.

꽃은 남이 피워주는 것이 아니다. 내가 피우는 것이다. 그 꽃
이 어떻게 피든 꽃은 꽃이다. 어느 날 마음에 새가 찾아왔다.
나는 귓가에 들리는 새의 속삭임을 기억했다. 그랬더니 새
는 꽃을 피우고 날아갔다.

승낙의 표시

나도 알 수 없는 내 마음이 있다. 아는 말을 죄다 끌어와 펼쳐봐도 온전히 옮길 수 없는 마음. 그런 마음일 땐 바다에게 간다. 무거운 마음은 저 깊은 바닥으로 가라앉게 두고, 어두운 마음은 밤바다 품에 냅다 안겨버린다. 어느 것도 묻지 않고 바다는 못난 내 마음을 포용한다. 바다가 그랬는지 어떻게 아냐고? 저 부드러운 윤슬이 승낙의 표시다.

순한 꽃

길가 담벼락에 핀 장미꽃을 보면 절로 감탄이 나온다. 여왕의 화려함은 장소를 가리지 않구나. 붉기가 그렇게 탐스러울 수가 없다. 향기마저 진하기가 뚝뚝 흘러내릴 것만 같다. 나는 떨어진 꽃도 아까워 장미꽃 반지를 만든다. 냥이가 그 반지 자기도 만들어 달라는 듯 내 손을 쳐다본다. 어디서든 장미를 본다면 장미꽃과 가시를 한데 묶지 말고 가끔은 장미꽃만 온전히 바라봐주길 바란다. 장미꽃도 억울할 수 있으니까.

가족이구나

칼질하는 동안 뒤에서 녀석들이 우당탕탕 소란을 피운다. 여기저기 왔다갔다, 서랍을 여닫고, 공을 굴렸다 떨어트렸다가 좇아가 물어오고… 그러다 일순 잠잠하길래 돌아보니 어느새 제집인 양 쉬고 있다. 그 모습에 잔뜩 벼르던 마음은 어디가고 뭉클함이 밀려온다. 녀석들이 여기를 편한 곳으로 받아들이는구나, 나를 편안한 존재로 여기는구나, 나를 가족이라고 생각하는 거야. 자기 본래 모습을 보여줘도 실망하지 않을 거라는 믿음을 내게 갖고 있어! 그래, 맘껏 말썽쟁이 해도 돼.

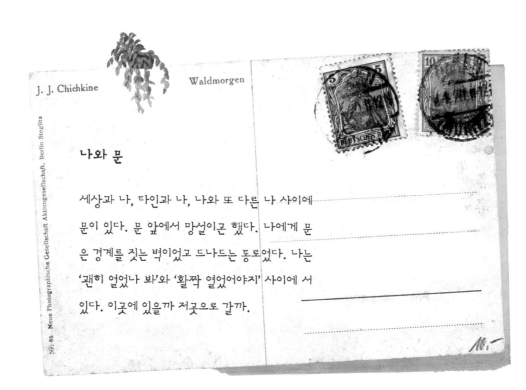

J. J. Chichkine

Waldmorgen

Nr. 85 Neue Photographische Gesellschaft Aktiengesellschaft. Berlin Steglitz

나와 문

세상과 나, 타인과 나, 나와 또 다른 나 사이에
문이 있다. 문 앞에서 망설이곤 했다. 나에게 문
은 경계를 짓는 벽이었고 드나드는 통로였다. 나는
'괜히 열었나 봐'와 '활짝 열었어야지' 사이에 서
있다. 이곳에 있을까 저곳으로 갈까.

노을과 피아노

고흐의 눈에 비친 밤하늘은 고요하지 않았다. 별빛은
거세게 소용돌이쳤고 밤공기는 격정으로 파랗게 질
렸다. 나에게 석양은 피아노 선율과 함께 떠오른다.
붉은 노을의 지상으로의 침투. 부드럽게 점령하지만
피아노 선율만은 물들이지 못한다. 여자의 손가락도
실루엣으로 남고 풀꽃도 잠식되지만 고아한 음률은
어둑한 하늘을 수놓는다.

골목길

어린 시절 미로 같은 길이 좋았다. 자동차가 들어올 수 없는 좁고 불퉁한 골목길은 어른에게는 불편과 짜증을 부르는 골칫거리였지만 어린아이에게는 모험의 초대장이었다. 숨바꼭질은 술래에게나 숨는 아이에게나 아드레날린이 솟는 스릴러물이었다. 자전거 경주는 F1, 투르 드 프랑스 못지않은 자존심 대결이었다. 처음 온 사람은 십중팔구 골탕 먹고 씩씩거리게 되는 우리만의 길은 정겨웠고 따뜻했다. 거기서 계절의 아름다움을 느꼈고 어른들의 온갖 풍경도 구경했다. 구부러진 것, 뒤죽박죽인 것의 쓸모와 멋을 배운 곳도 그곳이었다.

CARTE POSTALE

Certains pays étrangers n'acceptent pas la correspondance de ce côté (se renseigner à la poste

ADRESSE

그런 날

그런 날이 있다. 별말 아닌데 가슴에 박혀 온종일 마비되는 날. 별일 아닌데 눈
물이 멈추지 않는 날. 1그램의 공감, 1도 짜리 손길에 응어리진 마음이 와르르
무너지는 날. 그런 날 나는 그림을 그린다. 붓을 놀리다 보면 서서히 슬픔이 잊힌
다. 누구도 다른 이의 슬픔을 없앨 수는 없다. 그저 희미하게 해줄 뿐. 내 그림
이 그렇게 작은 손길이었으면 좋겠다.

세 개의 빛만큼만

행복했으면 좋겠다.
아이처럼 곤히 잠들 만큼
괜히 우울해지지 않을 만큼
웃음을 잃지 않을 만큼
행복했으면 좋겠다.
딱 그만큼만 행복의 빛이
비췄으면 좋겠다.

Post Card

빨래

우울하거나 생각이 많을 때는 빨래를 한다. 통 안에서 빨래가 세차게 돌아가는 모습과 소리가 마음을 차분하게 한다. 세탁기가 탈수를 마치고 쫄깃한 상태로 빨랫감을 뱉어내면 얼룩진 내 마음도 감쪽같이 씻겨 어디에 뭐가 묻었는지 모르게 말끔해진다. 인위적인 세제향에도 나는 기꺼이 감동 받는다. 탈탈 털어 건조대에 널면서 나에게 말한다. 마음도 이렇게 빨면 되는 거라고. 햇볕에 바짝 마르면 다시 뽀송뽀송해지는 거라고.

브레이크

멈추지 않으면 스쳐 지날 뿐이다. 서로를 발견하려면 멈칫의 순간, 주춤의 순간이 필요하다. 노상 다녔던 오르막길인데 멈추니 꽃과 마주친다. 나뭇잎 사이를 비집고 들어오는 햇살이 새삼 다정하다.

엑셀만 밟지 말고 브레이크 밟기도 연습하자. 가는 도중 한눈 팔아보자. 두 고양이처럼 우아하고도 자연스럽게 눈빛을 마주할 수 있도록. 좋은 인연을 지나치지 않고 알아보도록.

얘들아 함께 놀자

동화에서는 모든 동물이 어우러진다. 의사소통에
도 아무 문제가 없다. 부엉이가 토끼에게 길을 알
려주고 곰이 암탉 옆집에 살며, 생쥐가 악어 이빨
을 치료해주고 여우가 사자를 상대로 꾀를 부린다.
부레 없이도, 수영을 배우지 않아도 마음껏 헤엄칠
수 있고 상어가 나타나도 무서워하지 않는다. 영화
〈프리 윌리〉에서 범고래 윌리와 열두 살 소년 제시
가 그랬듯, 나도 여름 계곡물 속을 유영하면서 가
재, 버들치, 은어와 우정을 나누고 싶다. 냥이야 너
도 다이빙하지 않을래? 함께 놀자.

비의 버스킹

갑작스러운 등장에 다들 당황한 눈치다. 발걸음이 바빠진다. 휴대전화를 들고 어딘가로 연락을 취하는 손놀림이 다급하다. 이리 뛰고 저리 뛰는 사람 틈에서 나는 어느 식당의 차양 밑에 앉는다.

연주가 시작된다. 버스킹이다. 정상의 아티스트에게는 아스팔트 길도 최고의 무대가 된다. 나는 선물 같은 연주에 손을 뻗어 감동을 전한다. 스타는 기꺼이 내 손을 잡아준다. 귀엽게도 한 녀석이 자기 손도 잡아 달라는 듯 슬그머니 내민다.

문을 열면

문을 열면 바로 앞에 꽃밭이 있었으면 좋겠다. 도로나 주차된 자동차, 입간판이 아닌 보기만 해도 기분 좋아지는 꽃이 나를 기다렸으면 좋겠다. 햇빛 좋은 날 아무 걱정 없는 사람이 되어 문앞에 앉아 있고 싶다.

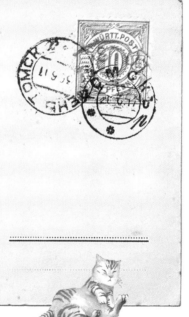

꽃집 예찬

꽃집에는 좋은 것밖에 없다. 꽃은 한 사람을 위한 선물이기 때문이다. 그래서 축하의 꽃다발, 감사의 꽃다발, 위로의 꽃다발, 사랑의 꽃다발이다. 저주의 꽃다발, 분노의 꽃다발, 미움의 꽃다발은 어리석다. 주는 사람과 받는 사람, 만드는 사람 모두를 모욕하는 일이다. 꽃에는 아름다운 마음만 있을 뿐이다. 내 그림에 꽃이 많이 등장하는 이유다. 나도 아름다운 마음이고 싶다.

작은 독립국

나는 차로 하루를 마무리한다. 알려지지 않은 외국의 작은 마을에서 휴가를 보내는 사람처럼 나는 차라는 변방의 작은 독립국에서 하루의 끝자락을 보낸다. 낮에는 커피라는 제국을 여행하고 밤에는 차라는 소국으로 건너와 잠을 청하는 셈이다.

CARTE POSTALE

La Correspondance au · ·e · n'est pas acceptée · ar tous les Pays Etrangers. (Se renseigne

CORRESPONDANCE

ADRESSE

불운의 순간

살다 보면 기대했던 일이 물거품처럼 사라지는 슬픔도 있을 것이다. 잡으려 해도 잡을 수 없다는 절망, 잡으려 할수록 더 빨리 사라져버리는 것들의 뒷모습을 바라만 봐야 하는 허망도 있을 것이다. 가라앉기만 하는 날이 분명 있을 것이다. 그때가 바로 굳게 닫혀 있던 문이 열리고 눈부신 빛이 쏟아져 들어오는, 떠오름의 순간이라는 것을 기억해야 한다.

들꽃

세상엔 장미만 있는 게 아니야. 밑에 있는 나 좀 봐줘. 어딘가에서 들리는 보드라운 울림. 작지만 분명한 말소리였다. 사람보다 잘 듣는 고양이가 먼저 알아채고 걸음을 멈춘다. 둘러보다가 낮게 핀 들꽃을 발견했다. 수줍은 듯 울타리 틈으로 얼굴을 내민 노란 꽃. 너희도 꽃이지, 꽃 맞지. 누구나 이름을 갖고 다정하게 불릴 자격이 있는 것처럼 너희 또한 눈길을 받을 이유가 있지.

분수대 옆에서

나의 몽환의 세계에는 정원 분수대가 있다. 낙하
하는 물줄기와 사방으로 튀는 물방울은 단정한 정
원에 리듬을 덧붙인다. 섬세하게 조율된 화음을
깨지 않는 청량한 흩날림. 분수대 수면 위로 내려
앉는 꽃송이는 밤하늘에 빛줄기를 그리는 별똥별
같다. 야옹 소리에 감았던 눈을 뜨면 사방은 꽃향
기로 가득 차 있다.

다음 아홉이 오더라도

앞자리가 바뀌는 아홉에 나는 많이도 아팠다. 아홉이라는 숫자가 벼랑 끝처럼
위태롭게만 느껴졌다. 앞자리가 바뀐 지금 그때를 돌아보면 무엇이 그렇게 두
려워 아프기까지 했을까 싶다. 그렇다고 한껏 움츠렸던 나를 한심해하지는 않
는다. 겁쟁이 역시 나였으니까. 여전히 내 안에는 쫄보가 엎드려 있고 어쩌면
다음 아홉에 또 얼굴을 들지 모른다. 그럼에도 나는 웃을 수 있다. 무의미한
시간은 없고 나는 꽤 삶에 열렬하기 때문이다.

: 이토록 평범하고

이토록 평온한

3장

❖ ❀ ❖

일상에서
더 멋진 사람

무슨 꽃 좋아해?

어떤 질문은 그 자체로 곧 마음이다. 무슨 꽃 좋아해? 내게는 이 질문이 그렇다. 이 말은 네가 좋아하는 꽃을 꼭 기억했다가 언젠가 선물해 줄게, 라고 들린다. 어떤 음악 좋아해? 어떤 영화 좋아해? 이런 질문은 그렇게 들리지 않는다. 그러나 꽃은 언제나 진심과 함께 하기에 질문의 무게가 다르다. 내게 무슨 꽃을 좋아하냐고 물어 준 너에게 이번엔 내가 묻고 싶다. "너는 무슨 꽃을 가장 좋아해?"

희망

희망이란 처음부터 있었던 것이 아니다. 희망이 있다고 믿는 사람에게만 희망이 존재한다. 떠오르는 해를 함께 맞이하면서 너는 말했다. 내일 또 가슴 벅찬 이 감동을 느낄 수 있다고. 지는 해를 보면서는 말했다. 몇 시간 뒤면 또 해가 떠오르니 역시 감동이지 않느냐고. 맞네. 해가 뜨거나 지거나 항시 희망이 있었어. 내가 기대하지 않았을 뿐.

그녀에게가는길로 11

시계를 몇 번이나 봤는지 모른다.
꽃다발도 '오다 주웠다' 느낌으로 주려고
포장지도 일부러 두르지 않았다.
부담스러운 남자로 느낄까 봐.
담백하게 적극적이고 싶은데
설마 무성의하다고 생각하진 않겠지.
그녀를 만나기 8분 전.

CARTE POSTALE

La Correspondance au recto n'est pas acceptée par tous les Pays Etrangers. (Se renseigner à la Poste)

드디어 백합을

그녀가 백합 꽃다발을 받고 꽃말이 뭐냐고 물어주기를 바
란다. 나는 진지하지만 담담한 눈빛으로 희생, 순결, 변
함없는 사랑이라고 대답하리라. 눈치 빠른 그녀는 이것이
고백임을 알아차리고 살며시 웃어줄 것이다.

Carte Postale

어디와 누구

여행에서 어디와 누구는 정말 중요하다. 누구와 가느냐에 따라 고생 바가지가 짜릿한 추억이 되기도 하고 반대로, 어디 가느냐에 따라 진상도 알고 보니 괜찮은 친구가 되기도 한다. 가장 훌륭한 조합은 좋은 사람과 멋진 곳을 가는 것이지만. 한 가지 분명한 사실은 근사한 곳에 가면 소중한 사람이 생각난다는 것이다. 같이 왔으면 좋았겠다, 라는 생각이 드는 바로 그 사람이 함께 여행하기에 좋은 사람일 것이다.

신발가게 그녀에게

봄날 벚꽃처럼 제 마음에 분홍빛으로 찾아온 당
신에게 이 구두를 드립니다. 신발 만드는 당신에
게 구두를 선물하다니 웃을지도 모르겠네요. 하
지만 남의 발을 위해 일하는 당신에게 한 번쯤은
예쁜 구두를 선물하고 싶었습니다. 신발을 선물
하면 도망가 버린다는 말이 있지만 저는 좋은 신
발은 좋은 곳으로 데려다 준다고 믿습니다. 이
구두를 신고 나와 함께 좋은 곳을 걸어 보지 않
겠습니까?

연애

몽글몽글
간질간질
살랑살랑
콩닥콩닥

손가락 터치로
연애세포 스위치 온

물감 번지듯

오래 남는 것은 물감 번지듯 스며들고
잔잔하다. 물건도 그렇고 사람도 그렇고
장소도 그렇다. 암스테르담의 어느 다리
위에서 본 풍경이 그림처럼 남았다. 꼭 가
봐야 한다는 추천에 기를 쓰고 찾아 갔던 명
소보다 이름 모를 골목의 한 컷이 암스테르담의 이
미지가 되었다. 높이를 자랑하지 않는 건물, 느긋한
산책길, 꽃을 실은 낭만의 자전거까지 사람으로 치
면 부러 멋을 내지 않았지만 눈이 가는 부류라고 해
야 할까. 땅거미가 내려앉으면 밤의 마법에 순응하
듯 이곳도 잠들겠지만 그 풍광 또한 곱고 은근할 것
이다.

POST CARD.

잔잔한 인생

내 삶은 잔잔한 호수 같다고 생각했다. 물결이라고 해봐야 돌멩이 하나가 만드는 옅은 동심원 정도라고 생각했다. 지나고 보니 나는 온갖 파도를 수면 아래 꾹꾹 가라앉히려 했던 거였다. 요동치는 삶을 받아들이지 않겠다고 발버둥치고 있었다. 폭우도 겪는 거고 태풍도 맞는 거고 떠밀려 내려온 쓰레기도 치우는 건데, 인생은 그런 건데, 그걸 몰랐다.

어떻게 인생이 잔잔할 수 있을까. 다른 건 둘째 치고 참 재미없는 인생이다.

사소한 카페

무슨 일이니? 왜 비를 맞고 있어? 창문을 닫으려고 하는데 빗길에 네가 누워 있어서 얼마나 놀랐는지 몰라. 후다닥 뛰어 나와 이리저리 살펴보는데도 가만히 있더라. 얼마나 힘들었으면 이렇게 무방비하게 빗속에 웅크려 있니. 일단 안으로 들어가자. 해치려는 게 아냐. 털도 말리고 우유도 먹자 응? 그런 다음에 원한다면 말없이 네 얘기를 들을게. 사소한 일이라고 비웃지 않을게. 자, 약속!

나란히 앉는 것

전화 한 통에 왜 라고 묻지 않고 와줘서 고마워. 오늘 여러 일이 있었는데 미주알고주알 털어놓기는 싫었어. 너도 고단한 하루였을지 모르는데 나까지 얹고 싶지 않기도 했고. 저 멀리 아파트창 불빛, 가로등 빛, 달빛— 3중 빛이 우리를 비추는 밤. 이렇게 너와 나란히 앉아 있는 것만으로도 나에겐 숨구멍이야. 마주보기보다 나란히 앉는 것. 어쩌면 너만이 나에게 줄 수 있는 위로 같아. 고마워.

만나야 할 사람

나를 웃게 만드는 사람
내가 특별하다고 말해주는 사람
나 괜찮은 사람이구나, 느끼게 하는 사람
그런 사람을 만나야 한다.
나를 초라하게, 측은하게 만드는
엉뚱한 사람 말고.

못 이기는 척

삶은 갈등의 연속이고, 어떤 갈등은 시간의 흐름에 따라 자연스럽게 해결되기도, 미움과 복수로 변질되기도 한다. 갈등이 생기면 일단 나는 '그래, 그럴 수 있지' 태도를 취한다. 일종의 '둥글게 둥글게' 처세법이다. 많은 갈등이 중요하지 않은 것을 자기 뜻대로 관철하려는 고집 때문에 큰 싸움으로 번진다고 생각하기 때문이다. 누군가 물러나도 되는 일이면 내가 물러난다. 우리집 냥이처럼 내가 내민 손을 못 이기는 척 받아주는 아량 정도만 있다면 나는 얼마든지 먼저 다가가 화해의 제스처를 취할 용의가 있다.

예쁨 받는 비결

냥이들을 보며 깨닫는다. 사랑 받으려고 애쓰지 않기 때문에 사랑 받는다는 사실을. 누가 나에게 호감을 보이면 더 도도해지는 게 보통 사람의 못된 습성이다. 매력의 법칙은 간단하다. 다른 사람이 나를 좋아하든 말든, 내가 되고 싶은 내가 되려고 애쓰고 내가 꿈꾸는 삶을 살고자 매일 충실히 사는 것이다. 따라서 사람 사이 철옹성을 쌓을 이유도 없고 애정을 갈구하며 애달아 할 이유도 없다.

나타나 줘

축하든 위로든 얼굴 보면서 해주면 안 될까? 전화도 좋고 문자도 좋은데 표정이 보고 싶다. 껴안고 싶고 손도 잡고 싶다. 생일 케이크 촛불도 끄고 싶다. 시간 내서 와주는 것, 축하 카드에 손글씨로 한두 줄 쓰는 것. 결코 쉬운 일 아니다. 연습이 필요하다. 소중한 사람일수록 몸으로, 물질로 표현해야 한다.

촛불을 끈 뒤

고맙기는 했지만 으레 하는 일이라고 생각했다. 연인 사이에 생일 챙기기는 대수롭지 않은 습관적인 이벤트니까. 촛불 끄기가 끝나고 어깨에 기대오는 그의 피곤함이 느껴졌을 때 나는 나 자신과 상황을 다시 보게 되었다. 그의 입장에서 핑계를 대자고 하면 뭐든 갖다 붙일 수 있었다. 바쁘고, 고단하고, 취소할 수 없는 선약이 있고, 만나기엔 멀리 있고, 그러려니 해도 괜찮은 사이고… 그러나 그는 익숙함을 악용해 무심하지 않았다. 더 잘 챙기고 더 잘 연락하고 더 말 예쁘게 하고 더 빨리 사과하고 더 꼼꼼히 기억했다.

무게

돈보다 쌀보다 꽃이 더 무겁다. 무엇으로 사랑을 측정할 수 있을까. 세상에서
가장 정교한 저울은 마음이다. 아니 손끝이다. 그 전에 우리는 사랑이 편지는
알까. 머리가 좋아 계산만 하다가 결국 빈손으로 돌아선다.

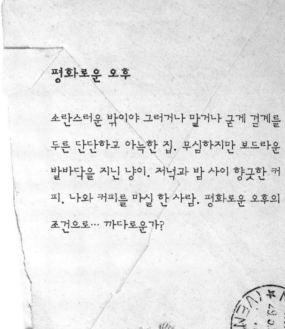

평화로운 오후

소란스러운 밖이야 그러거나 말거나 굵게 경계를
두른 단단하고 아늑한 집. 무심하지만 보드라운
발바닥을 지닌 냥이. 저녁과 밤 사이 향긋한 커
피. 나와 커피를 마실 한 사람. 평화로운 오후의
조건으로… 까다로운가?

튤립 소녀

자전거 바구니에 장 본 물건만 담지 말고 꽃으로 채워 보면 어떨까.

수국, 장미도 좋지만 덜컹거릴 때마다 바람이 불 때마다 우아하게 고개를

흔드는 튤립이라면 더 좋겠다. 어느 음료 광고 속 블루 소녀는 될 수 없지

만 얼마든지 튤립 소녀 내지 튤립 여자는 될 수 있다.

겨울 아침

밤이 긴 겨울이 좋을 때도 있다.

밤새 첫눈,

온통 하얀 아침,

포근한 이불,

누군가의 모닝 커피 서비스,

옆에 잠든 고양이의 온기만 있다면…

: 기다리고 숨겨주고

속삭이는 곳

4장

❖ ✳ ❖

나만의 방

아티스트

아티스트가 되고 싶었다. 단순히 그림 그리는 사람 말고 아트를 하는 사람. 내가 보기에 나는 이도저도 아니었다. 재능이 없지 않았지만 특출나지 않았고 성격 면에서도 눈에 띄는 장점, 단점이랄 게 없었다. 어느 쪽에도 속하지 않는 나의 모호성이 아티스트와 어울리지 않는다고 생각했다.

나는 어떤 사람이 되고 싶은가? 나는 나를 사랑하나? 멋진 나를 사랑하려는 건 아니고? 불현듯 지금의 나, 회색빛의 평범한 나를 인정하는 것이 아트를 위한 첫걸음이라는 생각이 들었다. 멋진 나를 꿈꾸되 멋지지 않은 오늘의 나를 사랑하기로 다짐했다.

목격자

나는 집을 꾸미지 않고 가꾼다. 꾸미는 건 내 눈에 좋게 하려고 하는 일이다. 가꾸는 건 집이 나에게 해준 데 대한 고마움의 표시, 보답의 일환이다. 여태껏 집은 나의 온갖 감정과 추태를 눈감아 주었다. 집은 나의 진짜 모습을 정확히 기억하는 목격자이지만 나를 위해 입을 열지 않았다. 그런 충성스러운 집에게 나는 꽃을 선물한다. 바닥을 쓸고 먼지를 훔치고 창문을 열어 환기를 시킨다.

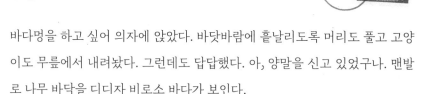

Post Card

THIS SIDE FOR THE ADDRESS

맨발의 자유

바다멍을 하고 싶어 의자에 앉았다. 바닷바람에 흩날리도록 머리도 풀고 고양이도 무릎에서 내려놨다. 그런데도 답답했다. 아, 양말을 신고 있었구나. 맨발로 나무 바닥을 디디자 비로소 바다가 보인다.

남의 집에서는 맨발로 있기가 민망하다. 괜히 실례인 것 같다. 발 모양이나 위생 상태도 신경 쓰인다. 발의 자유가 있는 곳은 역시 내 집이다. 발톱에 때가 보인들 무슨 상관이랴. 나만 괜찮으면 괜찮다. 함께일 때 맨발이 부끄럽지 않다면 나를 내려놓을 수 있는 집과 같은 사람을 만난 것이다.

시듦

립스틱을 진하게 발라보지만 마음에 들지 않는다. 주름이 생겼어. 탄력이 없네. 푸석푸석한 거 봐. 급기야 집 거울이 문제인가, 이러고 있다. 주인이 늙어가고 있는 걸 봤으면 진즉에 알려주지. 여태 아무 말 없다가 갑자기 팍 늙은 나를 비춰주면 어쩌겠다는 건가. 급한대로 화장으로 어떻게 해보려고 하는데 어림없다. 집은 시듦이 곧 초라해짐이 아님을 일깨우려는 듯 거울을 통해 내 두려움을 먼저 보여준다.

한 송이 꽃은 있다

절망의 끝에서도 눈물이 나지 않았다. 맘껏 울고 싶은데 눈물이 안 났다. 감정을 잃어버렸나. 슬픔을 모르나. 한 껏 절망하면서도 이상한 것은, 내가 한 톨의 희망은 놓지 않았다는 사실이다. 바닥, 지하 1층, 지하 2층… 끝간 데 없이 떨어져도 올라갈 길은 있다고 믿었다. 방법은 몰랐다. 근거 없는 희망이었다. 그래서 텅 빈 눈을 하고서도 화병에서 나만의 꽃 한 송이를 집었다. 촛불은 꺼지고 밖에는 밤이 오는데도.

세상에서 가장 편한 자세

완장한 군인들이 산행 훈련하는 과정을 찍
은 영상을 본 적이 있다. 교관은 목표인 정상
에 도착하기까지 병사들을 가혹하게 몰아갔
다. 오르막길에서 군가를 부르며 발맞춰 행진
하게 했고 뒤처지는 병사는 등을 밀어주면서
속도 맞추기를 재촉했다. 이윽고 목표 지점에
도착했다. 교관은 도열을 가다듬은 뒤 이렇게
말했다. "고생 많았다. 너희는 너희 자신을 이
겼다. 따라서 승리자다. 승리자만이 누릴 수
있는 기쁨을 지금부터 맘껏 누려라. 자, 세상
에서 가장 편한 자세로 쉰다. 실시!"
이미 세상에서 가장 편한 자세로 쉬는 나는
그럼 언제부터 승리자?

과거를 흘려보내는 문

내게도 도려내고 싶은 과거가 있다. 후회로 얼룩진, 어
리석음으로 망친 시간을 지우고 싶다. 만약 그때 그랬
으면 어땠을까 라는 '이프' 미로를 빠져나오고 싶다.
과거는 잊는 게 아니다. 흘려보내는 것이다. 나라는 문
밖으로 내보내는 것이다. 없애려고 하지 말고 문을 열
어 놓고 나가게 하자.

옷으로 채우려고?

어느 날 침실이 내게 물었다. 옷으로 방을 채우려고? 사고 또 사도 입을 옷이 없는 건 삶의 기쁨을 잃어버렸다는 의미 아니야?

새 옷이 주는 즐거움은 그때 뿐인 걸 알면서도 가시지 않는 허기에 계속 채울 수밖에 없었다. 마음의 결핍을 물건으로 해결하려는 시도는 더 큰 결핍을 부를 뿐이다. 마음이 가득 차면 오히려 집은 단순해진다.

쇼핑 욕구가 올라오면 내 방 옷장을 연다. 동굴에서 들려오는 목소리에 귀를 기울인다. 너 지금 무엇으로 마음을 채우려고 하니?

RF641808

장맛비

판타지 주인공의 심정을 알 것 같다. 장맛비는 나를 모든 것이 낯선 세계로 데려간다. 거기서는 달리는 사람은 앉아야 한다. 말하는 사람은 침묵해야 한다. 어른은 어린이가 되어야 한다. 다가가는 사람은 기다려야 한다. 싸우는 사람은 받아들여야 한다. 처음에 나는 어리둥절하다가, 적응해야지 하다가, 새로운 자신을 발견하는 단계로 나아간다. 장맛비는 나를 또 다른 나에게로 데려간다. 나는 살며시 앉아 입을 다물고 사색에 잠긴다. 초조할 이유가 없다는 사실을 깨닫고 움켜쥐었던 손을 편다.

POST CARD
THIS SPACE FOR WRITING MESSAGES.

선풍기 소리

에어컨이 고장나 할 수 없이 선풍기를 꺼냈다. 어쩔 수 없는 상황에 짜증이 난다. 옛날에는 에어컨 없이 어떻게 여름을 났는지 모르겠다. 나무 그늘 밑 부채질로는 도저히 안 될 것 같은데. 덜 움직이는 게 상책이라는 생각에 책도 덮고 눈을 감고 가만히 있어 본다. 선풍기 돌아가는 소리가 들린다. 묘하게 간질거리는 소리다. 에어컨 소리가 더위를 강력한 힘으로 그야말로 몰아내는 소리라면, 선풍기 소리는 평화롭게 공존하자고 속삭이는 소리다.

원심력

아무리 안을 향해도 밖을 향한 호기심은 끝내 누르를 수 없나 보다. 사람에 지치고 밥벌이가 지겨워도 세상을 내다보려는 충동을 막을 수 없다. 귀 막고 눈 감자고 굳게 다짐해도 누군가 울면 다가가 닦아주고 싶다. 창문을 아무리 단단히 걸어 잠궈도 누군가 똑똑 두드리면 이내 걸쇠를 푼다. 향초와 보석과 꽃이 있는 안에 머물며 고요함을 즐기면서도 때때로 밖의 복잡한 사연을 듣고 싶으니 사람이란 참 알 수 없는 존재다.

행복 충전

단체 일광욕에 나섰다. 비타민 D 생성은 모르겠고 행복
충전이 목적이다. 가장 가까운 행복 충전소가 바로 양지
바른 곳이다. 햇볕을 쬐면 행복이 충전된다. 돈도 안 든
다. 즉각 효과를 본다. 우리 패밀리에게 나타나는 행복
사인만 봐도 알 수 있다. 살포시 감은 눈. 걱정 없는 느긋
함. 편안한 거리감. 저마다의 자리에서의 휴식. 이토록
평화로운 풍경 속에 있는 나를 보며 이런 생각을 했다. 여
기서 뭐가 더 필요해? 이거면 충분해.

콘서트

폼은 그럴 듯하다. 그러나 여자는 기타를 칠 줄 모른다. 그녀는 몇 주 전 재즈카페에서 기타 치는 여자를 보고 멋있다고 생각했다. 당장 기타를 샀고 코드 몇 개를 속성으로 배웠다. 급한 마음에 손가락으로 짚어 보지만 포즈만 기타리스트일 뿐 소리는 처량하기 그지없다.

사람 앞에 설 실력이 절대 부족한 그녀는 만만한 손님을 부르기로 했다. 집 안의 착한 나무를 한 곳으로 모이게 한 것이다. 특별 손님인 냥이에게는 VIP석을 배정했다. 연주를 시작했다. 눈을 감고 아름다운 멜로디를 선보이는 자기 모습을 상상했다. 결과는? 냥이 한 녀석은 도저히 못 듣겠다는 듯 고개를 돌려버렸고 또 한 녀석은 아예 일어나 가장 먼 창가로 가버렸다. 발 없는 나무만 무슨 죄냐고.

마이 스윗 홈

까마득히 높은 빌딩 숲속에 살고 싶은 로망이 있었다. 산뜻하게 구획된 도로와 줄지어 가는 자동차, 각종 편의시설과 대중교통, 이에 걸맞은 비싼 집값. 그런 곳에 속해 있으면 내가 꽤 괜찮게 사는 사람일 거라는 생각이 들었다. 그러다 진짜 집을 둘러보면 실망감에 헛헛했다. 집은 돈으로 가치가 매겨지는 물건이고 비교 대상일 뿐이었다. 나는 가장 먼저 해야 할 질문을 놓친 것이다. 집은 나에게 무슨 의미인가?

어른의 비

어른과 아이를 구분하는 기준이 있다. 어른은 비를 구경하고 아이는 빗
속으로 뛰어든다. 어른은 튈까봐 비 웅덩이를 피하고 아이는 튀라고 비
웅덩이로 들어간다. 나는 어른이고, 변명을 하자면 어른의 비는 아이는
모르는 나름의 낭만이 있다. 먼저, 뜨거운 커피를 마실 수 있다. 둘째,
빗속 드라이브를 할 수 있다. 셋째, 우중 독서의 맛을 안다. 마지막으로,
켜켜이 쌓인 시간이 많은 만큼 꺼낼 추억도 진하다.

원색적인 여자

밖에서는 파스텔톤이었다가 집에 오면 원색이 되는 여자가 있다. 사회에서는 다른 사람의 주목을 끌기 싫어 수더분한 색깔의 옷을 입고 튈 만한 취향도 드러내지 않는다. 집으로 돌아오면 철저히 자기 마음대로 산다. 무난한 색의 출근복과는 달리 집은 온통 초록과 핑크다. 회사에서는 '모든 것은 제자리에'주의라면 집에서는 '반듯하면 재미없어'주의이다. 누군가는 이렇게 말할지도 모른다. 밖에서와 안에서의 얼굴이 너무 다르잖아. 그녀는 이렇게 대답할 것이다. 당연하죠, 무대 뒤에서는 가면을 벗어야 하는 거 아닌가요?

믿어야 되겠지

내가 없는 동안 냥이들은 뭘 하고 있을까 궁금할 때가 있다.

얘네들도 이곳을 집으로 생각할까? 여행 중에 잠깐 머무는 호텔이나 펜션쯤
으로 생각하는 건 아닐까? 어쩌면 감옥으로 여기지도 모르지. 내 앞에서는 편
안한 척하지만 탈옥을 모의하고 있을지도 몰라. 영화 〈쇼생크 탈출〉에서 팀
로빈스가 그러잖아. 유능한 집사는 욕심일 테니 최소한

눈엣가시 같은 간수는 아니길 바랄 뿐이야.

동굴집

동굴 깊숙이 들어가 웅크려 있던 날이었다. 어둠뿐이었다.
아무 생각도 나지 않았다. 머릿속이 표백된 것 같았다.
그림은 엄두도 나지 않았다. 점 하나 찍을 수 없을 것 같
았다. 그러나 빛은 힘이 쎘다. 동굴집을 단번에 부술 듯
맹렬히 쳐들어왔다. 내 마음 깊은 곳까지 쏟아져 들어왔
다. 손으로 가려도 눈부셨고 구석까지 찾아왔다.

빨간 드레스

바다를 바라보다가 감정을 추스르듯 여자가 뒤돌아 눈을 감는다. 아마도 과거 이 방에서 빨간 드레스를 입었을 때의 어떤 기억이 떠올랐나 보다. 뒤로 젖힌 얼굴 표정으로 보아 그 기억은 그리움 내지 아련함과 맞닿아 있다. 꺼내고 싶지 않은 종류의 것이었다면 이를 상기시키는 빨간 드레스를 입고 오지 않았을 것이다. 그녀의 빨간 감정을 중화하듯 노란 꽃은 부드럽게 흘러내리고 파란 바다는 얌전히 기다린다. 곧 소파에 앉을 테지만 다시 바다를 향할 때쯤이면 그녀는 드레스를 갈아입은 후일 것이다.

기본값

밖은 칼바람과 폭설의 콜라보레이션이 한창

안은 동화 속 버섯집처럼 완벽한 요새

털 슬리퍼, 난로, 새콤한 귤은 기본값

가슴 뭉클한 영화 한 편은

겨울밤을 완성하는 마지막 조각

아, 아직까지 매너 좋은 냥이는 최고의 변수

: 봄은

겨울에도 행복하다

5장

❖ ※ ❖

조용하고 씩씩한
봄처럼

인생의 꽃길

기쁜 일에는 맘껏 기뻐해야겠다. 슬픈
일에는 맘껏 슬퍼해야겠다. 지나가는
고양이가 쟤 왜 지뢰 하는 표정으로 돌
아볼 정도로. 이 '맘껏'을 맘껏 남발하
자. 이도저도 아닌 채로는 살지 말자.
인생의 어떤 계절을 스치든 실컷 웃고
진탕 울 수 있다면 나는 꽃길을 걷고 있
는 것이다.

책 냄새

책으로 둘러싸인 공간은 자체만으로 압도하는 힘이 있지만 나를 사로잡는 마력은 따로 있다. 바로 책 냄새. 책으로 꽉 찬, 오래된 서가만이 풍기는 냄새는 은은한 위엄을 갖고 있다. 돈만 있으면 오늘 당장 한 공간을 책으로 채울 수 있다. 그러나 책 냄새까지 살 수는 없다. 오랜 시간 한 권씩 모여 거대한 책꽂이 명문을 이룬 서가가 자아내는 그윽한 풍미를 어쩌겠는가. 일류 조향사도 이건 안된다. 책 냄새는 책 주인의 인격과 생각 깊이를 주성분으로 만들어지기 때문이다.

노을에 쫓기는 삶

살면서 무언가에 쫓겨야 한다면 노을에
쫓기자. 돈이나 남의 시선이나 허무에
쫓기지 말고. 등 뒤를 포위해오는 노을
의 추적을 피해 사랑하는 사람과 하루의
기쁨을 만끽하고 내일의 시작을 기대하
는, 신출귀몰 전설의 2인조가 되어보는
건 어떤가.

지금의 친구

우정 초년차 때에는 나의 불행을 함께 슬퍼해주는 친구를 좋은 친구라고 생각했다. 우정의 연수가 늘어남에 따라 내 생각은 달라졌다. 불행에 울어주기보다 행복에 진심으로 기뻐해주기가 훨씬 더 어렵다는 사실을 깨달았기 때문이다. 떨어지는 사람에게 손 내밀기도 쉬운 일은 아니지만 자기보다 높이 올라가는 사람을 축하해주기란 정말이지 매우 힘든 일이다.

고정석

그녀는 카페에 가면 바리스타가 커피 내리는 곳 바로 앞에 앉는다. 갓 내릴 때 나는 그윽한 향을 오랫동안 맡을 수 있기 때문이다. 원두 가는 소리를 거슬려하는 사람들 덕에 웬만하면 자리가 빈다는 것도 장점이다. 게다가 창가라 채광까지 좋다.

그런데 요새 신경 쓰이는 것이 하나 생겼다. 바리스타가 뭔가 오해하는 것 같은데 어떻게 할지 결정을 못 내린 것이 그 까닭이다. 고정석을 바꿔야 할지, 오해를 바로잡아줘야 할지, 그러든지 말든지 그냥 두어야 할지. 그녀가 본인한테 관심 있어서 계속 이 자리에 앉는 걸로 착각하는 듯해서 말이다.

Post Card

마음의 수위

한순간에 마음이 쏟아져 나올 때가 있다. 언제 터져도 이상하지 않을 정도로 진즉 가득 차 있었는데 스스로 마음의 수위를 조절하지 못했던 탓이다. 와르르 덮치는 마음을 주체하지 못해 삶의 길까지 잃는다면 어떻게 해야 할까. 그땐 쏟아진 마음 그대로 흘려보내리라 다짐한다. 애써 주워 담지 말고. 될 대로 되라는 게 아니고, 그전의 상태 그대로 돌아가려는 대신 새로운 마음을 담겠다고.

마중

기차역으로 마중나간 게 얼마만이야.

버스정류장, 공항과는 결이 다른 설레임이다.

저기 긴 꼬리를 끌며 다가오는 기차.

나도 자전거를 끌며 서서히 거리를 좁힌다.

타는 사람, 마중 나온 사람의

두근거림으로 철길과 플랫폼이 진동한다.

설레임을 물건으로 만들면 바로 기차가 아닐까.

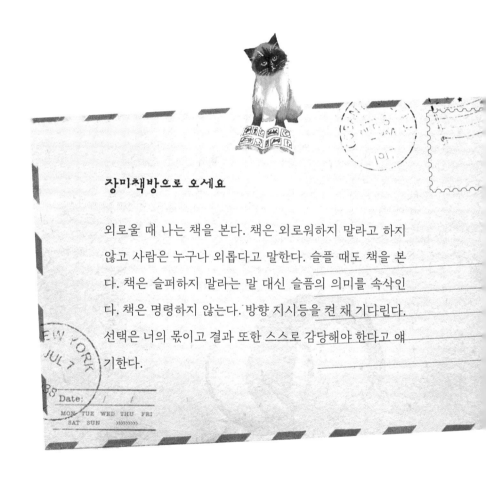

장미책방으로 오세요

외로울 때 나는 책을 본다. 책은 외로워하지 말라고 하지
않고 사람은 누구나 외롭다고 말한다. 슬플 때도 책을 본
다. 책은 슬퍼하지 말라는 말 대신 슬픔의 의미를 속삭인
다. 책은 명령하지 않는다. 방향 지시등을 켠 채 기다린다.
선택은 너의 몫이고 결과 또한 스스로 감당해야 한다고 얘
기한다.

물욕

나는 유독 컵을 좋아한다. 어디를 가나 기념품으로 컵을 산다. 수납장
은 이미 용량을 초과한 지 오래다. 몇몇은 화분, 연필통 등으로 특수 임
무 수행 중이다. 컵 자체가 예술품, 장식품이라 감상하는 즐거움도 있
지만 역시 추억을 담고 있기에 특별하다. 각각의 컵은 나를 컵을 샀던
곳으로 데려간다. 내겐 타임머신인 셈이다. 이만한 가격에 과거를 여행
할 수 있다면 괜찮은 물욕 아닌가.

놀라지 마세요

고양이가 다가오더라도 놀라지 마세요. 저희 신발 가게는 고양이가 일하고 있어요. 방문 예약도 받고 발 치수도 재고 가죽도 자르고 바느질도 하고 AS 접수도 해요. 나중에 고양이를 위한 고급 수제화점을 차리는 게 목표라고 하네요. 형제 고양이인데 한 녀석은 딴 데 관심이 많아요. 가령 암고양이 꼬시기가 그렇죠. 걸핏하면 창밖을 내다본다니까요.

이대로가 좋다

좁고 오래됐다는 건 문제가 안된다. 이유 없이, 그냥, 나와 함께 있기에 집은 소중한 것이다. 남들은 좀 넓은 곳으로 가면 좋지 않겠냐고 하지만 글쎄, 나는 이대로가 좋다.

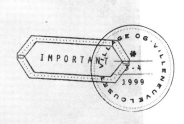

정글 탐험가

예전엔 커피를 마시기 위해 카페에 갔다. 커
피만 맛있으면 카페의 존재 이유는 충분하다
고 생각했다. 목적 지향적이었다고나 할까.
지금은 카페라는 장소를 즐기러 간다. 음악,
그림, 꽃, 조명, 커피향, 의자, 천장, 바닥, 커
피잔, 인테리어 소품, 벽지 등 오감을 동원해
적극적으로 공간을 탐닉한다. 때로는 이렇게
근사한 곳을 내가 발견했다는 짜릿함을 느끼
기도 한다. 도시가 카페 정글이라면 나는 정
글 탐험가이다. 복잡한 카페 정글을 여행하
고 싶다면 나에게 의뢰하길 바란다.

작은 시작

어려울 것 없다.

아침에 일어나 커튼을 젖힌다.

볕 잘 드는 의자에 앉는다.

커피를 내린다.

냥이와 아침 인사를 한다.

오늘 하루는 내게 주어진 선물이니 행복하자고 다짐한다.

큰돈, 큰 힘 들지 않는다.

오늘의 꽃

좋은 것은 기다려 주지 않는다.

꽃을 피우는 일을 미루지 말자.

오늘의 꽃은 오늘 피어야 한다.

일상다반사

하루도 조용히 넘어가는 날이 없네.

서로 머핀 먹겠다고 이 난리인 거야? 바닥에 떨어진 머핀은

누가 치워? 그만해. 화분 쓰러지려고 하잖아.

어어어 커피가 흘러넘치잖아.

휴우, 모두 아프지 않아 이 소란이니까 감사해야겠지?

그래도 식탁에서만이라도 쫌! 응?

거꾸로 봄

겨울은 마음까지 추웠다. 봄은 움트는 봉오리에 설 렜지만 여전히 추웠다. 여름엔 이글대는 태양이 레 이저처럼 따가웠다. 가을엔 온통 하얀 세상이 보고 싶었다. 다시 겨울을 만나면 두껍고 무거운 코트를 이내 지겨워할 테지. 겨울 길목에서 길고양이 두 녀 석을 만났다. 끼불지 마라 하며 가볍게 콩 장난치는 건가. 아니면 아프냐, 나도 아프다 하며 냥이맨스를 찍는 건가. 둘 사이는 훈풍이 불었다. 늦가을이 웬 말. 계절은 거꾸로 봄이었다.

사랑의 꽃배달

너는 코스모스야

너는 장미야

너는 튤립이야

너는 해바라기야

모두 다 나에게 꽃이야

내가 예쁜 너희들 모습 그대로

예쁜 사람에게 데려다줄게

셀프 케이크

마음먹고 케이크 만들기에 나섰다. 체치고 계량하고 섞고 바르고 돌림판을
밀어 모양을 만들고 생크림을 짜고 각종 베리를 얹기까지 그야말로 버라이
어티한 모험이었다. 보다 못한 한 녀석이 베리 장식을 도와주었다. 한 녀석
은 생크림에만 눈독을 들였고, 또 다른 녀석은 사각지대에서 베리를 마구
집어먹었다. 눈치는 보였던지 급하게 먹은 흔적이 역력했다. 이왕 먹는 거
느긋하게 먹어. 오늘은 내 생일이니까. 여기저기 묻히고 어지럽혀도 너그럽
게 봐줄게.

데이지꽃

한 송이일 때 아름다운 꽃도 있지만 같이 있을 때 빛나는 꽃도 있다.
데이지꽃을 한팔 가득 데려와 물을 함빡 뿌려주었더니 온 방 구석구
석까지 향기로 감사 인사를 건넨다. 말 붙이기 어려운 고고한 사람
은 저 혼자 화려한 꽃과 같다. 어디서든 섞이고 누구와도 어울릴 줄
아는 사람은 데이지꽃과 같다. 함께 기뻐할 줄 알고
모두를 빛나게 하는 사람이다.

뭐야, 갑자기

꽃다발은 서프라이즈다. 다시 말해, 아무 날도 아닌 날 선물해야 한다.
생일, 크리스마스, 입학, 졸업, 취업, 승진 같은 축하할 만한 일이 없는
날, 무미건조한 그런 날에 '짠' 하고 안겨 줘야 하는 것이다. 그리고 그
런 꽃다발은 한가득이어야 한다. 나를 생각할 이유가 없는 날에 받는
무모하리만치 큰 꽃다발은 감동의 크기를 배가시킨다. 나 사랑받고 있
구나, 이렇게 행복한 순간도 나에게 오는구나 라고 느끼는 순간 기쁨은
웃음과 눈물을 동시에 부른다.

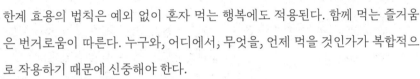

J. J. Chichkine

Waldmorgen

Nr. 85 Neue Photographische Gesellschaft Aktiengesellschaft, Berlin Steglitz

채식주의묘

한계 효용의 법칙은 예외 없이 혼자 먹는 행복에도 적용된다. 함께 먹는 즐거움
은 번거로움이 따른다. 누구와, 어디에서, 무엇을, 언제 먹을 것인가가 복합적으
로 작용하기 때문에 신중해야 한다.

최상의 조합이라고 생각한 오늘의 '함께 먹기' 프로젝트는 실패로 끝났다. 나를
쳐다보는 눈빛이 심상치 않아 왜 그러냐고 물어봤더니 초대해놓고 이렇게 푸대
접하냐고 쏘아붙인다. 왜? 네가 가장 좋아하는 연어로 속을 채운 붕어빵이잖아.
뭐가 문제야? 냥이 왈, "내가 생선 끊은 지가 언젠데. 나 채식주의묘라고." 휴, 어
렵다 어려워. 다시 혼밥으로 돌아가야겠어.

POST CARD　*Carte Postale*　POSTKARTE
BRIEFKAART — POSTKAART
CARTOLINA POSTALE — ОТКРЫТОЕ ПИСЬМО — TARJETA PO

밤 사이

울타리 위로 소복이 내려앉은 눈
창살 사이로 들이치는 황금빛
밤 사이 어제와는 다른 오늘 이곳
다 제자리에 있는데 분명 다른 세상
내가 어제와 다르게 살아야 할 이유

에필로그

곁의 소중한 사람도 어찌할 수 없는 무료함과 절망을 느끼고 있었다. 어떡하든 탈출하고 싶어 발버둥치던 나를 끌어올려준 것이 그림이었다. 그림을 그리겠다는 결심으로 내 처지와 마음이 '짠'하고 마법처럼 달라진 것은 아니었다. '누가 내 그림을 봐준다고! 시간 낭비만 하는 꼴이지'라는 체념이 여전히 넘실거렸고 하루에도 몇 번씩 붓을 쥐었다 놓는 날들을 겪었다. 그러다 한 가지 생각에 마음을 붙들어 맸다. "누가 뭐라고 해도 나는 그림을 좋아해. 그걸로 충분해."

이렇게 마음을 굳게 정박시키고 주위를 둘러보았다. 관계가 보였다. 나와 가족, 나와 친구, 나와 일, 나와 삶, 나와 나. 상처는 서로 주고받았다. 나는 심지어 나 자신을 업신여김으로써 스스로 생채기를 냈고, 타고난 조건의 부당함을 탓하며 삶을 모욕했다. 어긋난 마음의 각도를 바로잡아야 했다. 일상이라는 선물 보따리를 기쁘게 열고 싶었다.

무엇을 그릴까. 나의 이야기를 그릴 수밖에 없었다. 내 것이 아닌 이야기는 내 그림이 될 수 없었다. 그림에는 내 슬픔, 내 환상, 내 기쁨, 내 꿈이 있었다. 내 마음 속에서 작은 날개를 애처롭게 퍼덕이던 새도 있었다. 내 삶의 모든 순간에 향기로 말을 걸었던 꽃이 있었다. 나의 온갖 것을 지켜본 집도 있었다. 내 눈에만 보이는 냥이 녀석들도 있었다. 그리고 문門. 매번 나를 시험하는 길쭉한 네모가 있었다. 또 다른 문moon도 있었다. 어떤 초라한 구석도 친히 찾아와 살며시 얹고 가는 빛의 손. 그림은 나의 스토리다.

어린아이 세계로 자주 날아간다. 눈 내린 골목길을 걷다가, 노을 지는 하늘을 보다가, 바람에 묻어온 꽃향기를 맡다가 돌연 동화 속에 있는 나를 발견한다. 퇴행해서 어린아이이고 싶지는 않다. 그저 굳은살 없는 그 보드라운 발바닥이 풀밭 위를 아장아장 걸을 때의 느낌을 알고 싶을 뿐이다. 호랑이도 자동차도 사람도 무서워하지 않는, 그 담장 없는 마음에 비친 세상은 어떤 모습일지 궁금할 뿐이다. 나는 때가 잔뜩 낀 어른이니까. 무딘 감성을 갑옷인 냥 두른 겁쟁이니까.

꽃을 그리면서 생각했다. 꽃이 스스로를 아까워하며 피기를 주저했다면 꽃에게도 나에게도 얼마나 비극이었겠냐고. 아름다움은 오늘 피고 오늘 함께해야 한다고. 꽃의 마음은 순간을 위한 거라고.

내가 지금의 나인 것은 내 힘만이 아니다. 많은 사람의 격려와 위로, 칭찬, 쓴 약이 아니었다면 어림없는 일이다. 내가 다가간 거리보다 그들이 서슴없이 나에게 다가온 거리가 훨씬 길기에 만나서 손을 잡을 수 있었다. 씩씩한 그들에게 고마움을 전한다.

다시 삶에 대한 설레임으로 물드는 시간

작은 순간을 위한 꽃

지은이 라뽀미(김보미)

1판 1쇄 인쇄 2023년 11월 2일
1판 1쇄 발행 2023년 11월 16일

펴낸곳 (주)지식노마드
펴낸이 노창현
표지 및 본문 디자인 박재원
등록번호 제313-2007-000148호
등록일자 2007. 7. 10

(04032) 서울특별시 마포구 양화로 133, 1201호(서교동, 서교타워)
전화 02) 323-1410
팩스 02) 6499-1411
홈페이지 knomad.co.kr
이메일 knomad@knomad.co.kr

값 22,000원
ISBN 979-11-92248-15-8 03810